U0109574

不怕不怕

文 胡若亞・呂泓逸　圖 Pei

萌萌到了五、六個月的時候，開始會說一些簡單的單字，他很早就開始說的詞之一就是「怕怕」。因此我開始意識到，一個孩子孑然一身的出世，其實是要克服非常多恐懼的。

從視線模糊開始，不斷接受各式無法辨識的刺激，了解自己的主要照護者是誰，在全然的未知中練習接受並給予愛：短短兩三年的時間，要學會走路、均衡飲食、上學、分房睡覺、克服分離焦慮……，甚至要學會調適迎接弟弟妹妹的初來乍到。

從這個角度來看，嬰兒雖然手無寸鐵，卻十分勇敢。反而隨著年齡的增長，我們成爲了畏首畏尾的大人：希望這本書能鼓勵孩子勇敢，讓他在未來的歲月面對恐懼和未知也能想起這段勇敢的歲月而奮力前進；也獻給所有和寶貝一起學習中的的新手爸媽以及即將迎接二寶、三寶的前輩爸媽，希望這樣的小故事可以讓所有的爸爸媽媽會心一笑。

謝謝Pei，絕佳無可挑剔的美感，細心的幫我設想故事呈現方式，讓我在繪畫合作中一次又一次見證美夢成眞；謝謝摯愛的先生Alvin和家人，以及全世界最懂得know-how的密友 Vicky，因爲有你們，我可以一直做夢，同時也一直實現。

胡若亞　2022.05.30

萌萌是一個小王子，
他的膽子和他的個子一樣小小的，

害怕的時候，
他會拍拍胸口跟旁邊的人說：
「怕怕！」

王國最強的勇士告訴萌萌，每克服一個恐懼，就會得到一枚守護仙子的徽章，累積夠多的徽章，就會成爲和他一樣強的勇士。爲了成爲最強的勇士，萌萌小王子踏上尋找徽章的旅程。

城堡外有一座跟太陽一樣高的山。
萌萌喜歡爸爸媽媽抱抱，
從來沒有走過很多路、
更沒有爬過山。

想到要自己走這麼遠，
萌萌忍不住拍拍胸口說：
「怕怕！」

守護仙子出現了，她說：「不怕不怕，運動能帶給萌萌健康強壯的身體，爬山可以呼吸新鮮空氣、沿途還有很多漂亮的風景和小動物，一點也不可怕唷！」

萌萌鼓起勇氣往前走，走過了一棵樹、兩棵樹，在第三棵樹的地方，遇見一隻藍色裙子的小兔子，小兔子給萌萌一個大大的擁抱，跟萌萌成爲好朋友。

原來運動還可以交到新朋友，運動真是太棒了！萌萌和小兔子開開心心的爬到山頂，得到守護仙子的運動徽章。

下山後遇到路邊的小狗，小狗大聲的汪汪叫，感覺兇巴巴，萌萌忍不住拍拍胸口說：「怕怕！」

守護仙子出現了，守護仙子說：「不怕不怕！汪汪是小狗跟人打招呼的方式，我們要像小狗一樣友善有禮貌，看到人要大聲說：「嗨！」」

「原來小狗是在跟我打招呼。」
萌萌勇敢的回應小狗：「嗨！」
有禮貌的萌萌，
得到守護仙子的禮貌徽章。

往前走來到海邊，海裡有一隻大鯊魚牙齒尖尖，魚鰭也尖尖，呲牙咧嘴，看起來很恐怖。

萌萌拍拍胸口說：「怕怕！」

守護仙子說：「不怕不怕，鯊魚是大海的守護者，維持了海底世界的多樣性，很少主動攻擊人類；鯊魚是海中的游泳健將，學會游泳成為潛水員的時候，可以跟鯊魚一起在海裡吐泡泡。」

原來鯊魚是大海的守護者，
萌萌也想跟鯊魚一起游泳！
在浴缸認真練習踢水吐泡泡的萌萌，
得到守護仙子的潛水員徽章。

萌萌繼續踏上旅程，這時有一台救護車開過，救護車沿途發出刺耳的「歐伊歐伊——」，聽起來有壞事發生。

萌萌拍拍胸口說：「怕怕！」

守護仙子說：「不怕不怕，救護車發出聲音是因爲它要運送需要救護的人們快速到達醫院，救護車是世界上最熱心的車子。」

原來救護車是熱心幫助人的車車，萌萌決定跟救護車看齊，看到需要幫助的人，主動上前幫忙！熱心的萌萌得到守護仙子的熱心徽章。

天漸漸黑了，萌萌和小兔子到了一家餐廳，廚師煮了好多好吃的佳餚，包括萌萌不喜歡的綠色蔬菜，萌萌拍拍胸口說：「怕怕！」

守護仙子說：「不怕不怕，均衡飲食可以幫助萌萌長大，綠色蔬菜可以提供萌萌肉肉不能提供的營養，把蔬菜吃光才能成爲一個強壯的王子喔！」

原來蔬菜可以幫助萌萌成爲強壯的王子，萌萌鼓起勇氣吃光蔬菜，得到守護仙子的不挑食徽章。

到了晚上，天空黑漆漆，萌萌閉上眼，眼前也是一片黑漆漆，什麼東西都看不到，看不到爸爸、也看不到媽媽。躺在床上的萌萌，忍不住哭了起來，拍拍胸口，邊哭邊說：「怕怕！」

這時守護仙子出現了，守護仙子說：「不怕不怕，晚上的時間是爲了讓所有的事物休息而存在的，太陽公公需要睡覺、小狗需要睡覺、救護車和鯊魚也都需要睡覺，經過一整天的歷險，萌萌也需要睡覺，睡覺的時候雖然眼睛閉起來什麼都看不到，但也不是自己一個人喔！爸爸媽媽會一直陪伴著萌萌，不會離開萌萌，就算在萌萌看不到的時候，爸爸媽媽也會用各種形式，永遠永遠陪著萌萌。」

原來爸爸媽媽一直都在，
萌萌安心的閉上眼，
做了一個香甜的美夢。

睡飽飽的萌萌醒來，
得到守護仙子的獨立徽章。

結束旅程的萌萌回到城堡，他已經是一個勇敢的小王子了，但卻找不到可以消滅的怪獸。於是萌萌在城堡裡晃來晃去，終於！他發現了怪獸！

媽媽的肚子裡長了一隻怪獸。

萌萌躲在角落偷看，怪獸一天比一天更大，壓著媽媽的肚子，媽媽走路越來越慢，看起來很辛苦。

萌萌跑回房間，準備好所有的徽章，他現在是一個勇敢強壯的小王子了！他可以幫媽媽消滅怪獸！

萌萌到了爸爸媽媽的房間，
拿出所有的徽章，
萌萌指著媽媽的肚子，
跟媽媽說：「媽媽，怕怕！」

媽媽不但沒有怕怕，還給萌萌一個大大的擁抱。

媽媽說：「萌萌啊，媽媽肚子裡的不是怪獸，是一個小寶寶喔，萌萌以後就是大哥哥，小寶寶會成爲萌萌的好夥伴！小寶寶小小的，膽子也小小的，萌萌可以帶著他一起去旅行、一起得到更多的徽章，然後一起長成更強壯的公主王子喔！」

原來媽媽肚子裡是萌萌未來的小夥伴，萌萌把徽章帶回房間，和小兔子一起準備了很多很多的玩具，準備要跟小寶寶一起玩。

小寶寶終於來了，軟軟的、小小的，一直在睡覺。

萌萌把小兔子放到小寶寶旁邊，拍拍小寶寶，跟小寶寶說：「不怕不怕！」

守護仙子出現了，給了萌萌一個像鑽石一樣閃閃發光的溫暖徽章，得到溫暖徽章的萌萌，成為一個最勇敢的小王子，保護了城堡、爸爸媽媽和小寶寶，大家一起過著幸福快樂的日子。

獻給親愛的 *Edmund*

◆◆◆◆◆◆

特別感謝・高稚婷

國家圖書館出版品預行編目(CIP)資料

不怕不怕 = Be brave / 胡若亞, 呂泓逸合著. -- 初版.
新北市：胡若亞, 2022.07
36面；26 x 19公分
注音版
ISBN 978-626-01-0195-4(精裝)
1.SHTB: 心理成長--3-6歲幼兒讀物

863.599　　　　111008708

不怕不怕

作　　者	胡若亞・呂泓逸
繪　　者	Pei
開　　本	26 x19 x 1cm
頁數/裝訂	36頁精裝
出版日期	2022年7月1日
定　　價	500元
語　　言	繁體中文
出 版 日	2022年7月
出 版 社	個人出版
代理經銷	白象文化
建議分類	童書 / 圖畫書 / 自我認同
翻 譯 書	否